스치는 달빛에 베이어

김홍균 시조집

스치는 달빛에 베이어

발행일	2022년 5월 30일

지은이	김홍균		
펴낸이	손형국		
펴낸곳	(주)북랩		
편집인	선일영	편집	정두철, 배진용, 김현아, 박준, 장하영
디자인	이현수, 김민하, 안유경, 김영주	제작	박기성, 황동현, 구성우, 권태련
마케팅	김회란, 박진관		
출판등록	2004. 12. 1(제2012-000051호)		
주소	서울특별시 금천구 가산디지털 1로 168, 우림라이온스밸리 B동 B113~114호, C동 B101호		
홈페이지	www.book.co.kr		
전화번호	(02)2026-5777	팩스	(02)2026-5747
ISBN	979-11-6836-313-7 03810 (종이책)		979-11-6836-314-4 05810 (전자책)

(주)북랩 성공출판의 파트너

북랩 홈페이지와 패밀리 사이트에서 다양한 출판 솔루션을 만나 보세요!

홈페이지 book.co.kr • **블로그** blog.naver.com/essaybook • **출판문의** book@book.co.kr

작가 연락처 문의 ▸ ask.book.co.kr

작가 연락처는 개인정보이므로 북랩에서 알려드릴 수 없습니다.

스치는 달빛에 쎄이어

강홍균 시조집

북랩

시조를 쓰면서

운율을 맞춘 노래
시조라 하더이다.

고치고 꾸며 본들
글맵시 어설퍼도

내 마음
그 고운 가락에
실어 보고 싶더이다.

5

차례

시조를 쓰면서 ·································· 5

1부
무심히 바라보노니

1 봄 ··· 17

2 봄눈 ······································· 18

3 강물에 흐르는 꽃잎 ·············· 19

4 모란 ······································· 20

5 여운 ······································· 21

6 풀꽃은 피어서 ······················ 22

7 잡초 ······································· 24

8 홀로 서서 ······························ 25

9 고목 ······································· 26

10 바위 ······································· 28

11 몽돌 ······································· 29

12 갯벌 ·········· 30

13 소 ·········· 31

14 11월 ·········· 32

15 강설(降雪) ·········· 33

16 겨울밤 ·········· 34

17 풍경 ·········· 35

18 그믐달 ·········· 36

19 밤비 그치고 ·········· 37

20 길 위에서 ·········· 38

2부
꿈꾸며 천년을 날아

21 소쇄원(瀟灑園) ················· 41

22 망해사(望海寺) ················· 42

23 운주사 와불 앞에서 ············ 43

24 선암매 ···························· 44

25 팔공산 갓바위 ·················· 46

26 고창 고인돌 ···················· 47

27 계백 묘역에서 ·················· 48

28 성삼문 유허지(遺虛址)에서 · 50

29 직지(直指) ······················ 52

30 도공(陶工)의 꿈 ··············· 54

   - 청자상감운학문매병(靑磁象嵌雲鶴紋梅瓶)

31 한강(漢江) ······················ 56

32 의암(義巖) ⋯⋯⋯⋯⋯⋯⋯ 58

33 선교장 소나무 ⋯⋯⋯⋯⋯ 60

34 땅끝에서 ⋯⋯⋯⋯⋯⋯⋯ 62

35 가파도 청보리밭 ⋯⋯⋯⋯ 63

36 제주도 왕벚나무 ⋯⋯⋯⋯ 64

37 동백꽃 연가 ⋯⋯⋯⋯⋯⋯ 65

38 산수유 피는 마을 ⋯⋯⋯⋯ 66

39 무궁화 ⋯⋯⋯⋯⋯⋯⋯⋯ 67

40 아리랑 ⋯⋯⋯⋯⋯⋯⋯⋯ 68

3부
언제나 뿌린 그대로

41 백 세 인생 ································ 73

42 살아보니 ································ 74

43 체념 ································ 75

44 핸드폰 사랑 ································ 76

45 인공지능 ································ 78

46 악플러에게 ································ 79

47 갑질 ································ 80

48 미투(me too) ································ 81

49 비정규직 ································ 82

50 경비 ································ 83

51 도시 우화 ································ 84

52 새 식구 ················· 85

53 미세먼지 ················· 86

54 코로나 19 ················· 87

55 바이러스 ················· 88

56 이거슨 시조이다 ················· 90

57 누구일까요? ················· 91

58 출세의 덕목 ················· 92

59 믿습니다 ················· 94

60 시일야방성대곡 ················· 96

4부
스치는 달빛에 베이어

61 몰랐습니다 ·················· 99

62 별 ·················· 100

63 석류 ·················· 101

    - 조운 시조 <석류>를 읽고

64 야상(夜傷) ·················· 102

65 이슬 ·················· 103

66 언덕에서 ·················· 104

67 억새 ·················· 105

68 우물터 ·················· 106

69 사금파리 ·················· 107

70 간이역 ·················· 108

71 만추 ·················· 109

72 모래 ·················· 110

73 새 ·················· 111

74 백주몽 ·················· 112

75 낙숫물 ·················· 113

76 바람꽃 ·················· 114

77 산 그림자 ·················· 115

78 안개 ·················· 116

79 의자 ·················· 117

80 은발 ·················· 118

해설 | 만상을 수렴한 존재론적 삶의 시조 ·················· 120

감상평 | 연륜의 밥그릇을 비워낸 사람만이
         낼 수 있는 성찰과 성숙의 언어 ·················· 150

1부

무심히 바라보노니

봄

춥더라,
잔설 언덕
넘어온 남녘 바람

겨울잠 졸린 나무
흔들며 속삭일 때

터지는
꽃망울 속살
기지개를 켜는 봄.

봄눈

봄맞이 꽃 핀 날에
되돌아온 은빛 겨울

고운 빛 시새우며
펄펄 내려 쌓이는 눈

저 봄꽃
더욱 붉어라
하얀 눈꽃 속에서.

강물에 흐르는 꽃잎

이백(李白)이 노래하되
도화유수 묘연거(桃花流水 杳然去)
이군옥(李群玉) 슬퍼하며
낙화유수 원이금(落花流水 怨離襟)
흐르는
꽃잎을 보며
어찌 웃고 우는가?

뉘 마음 헤아리랴
무심한 작은 꽃잎
혼자서 피고 지며
강물 따라 흘러갈 뿐
마음은
흐르지 못해
끝내 고여 있는가?

모란

봄 햇살 눈길 품어
수줍게 부푼 가슴

봄바람 손길 스쳐
발그레 상기된 볼

그대여
화사한 이 봄
가득 안은 임이여.

여운

산 꿩이 울음 울던
잔솔밭 덤불 사이

어린 새 날아가고
빈 둥지 혼자 남아

맑아라
계곡 물소리
가까이서 멀리서.

풀꽃은 피어서

호젓이 앉은 자리
오솔길 산모롱이
함초롬 고운 꽃잎
향기 한 줌 두르고서
임인 양
날아든 나비
부드러운 입맞춤.

이슬로 맑은 얼굴
햇살에 밝은 자태
산새들 추임새에
바람과 춤을 추다
발걸음
멈추는 길손
방긋 웃는 눈 맞춤.

어둠이 짙어 오면

하늘엔 별꽃 가득

풀숲 사이사이

풀벌레 사랑 노래

어느 결

잠이 든 풀꽃

무슨 꿈을 꾸실까?

잡초

흔하다 천히 여겨 잡초라 부르는가?
가꾸는 손길 없이 스스로 푸를진대

온실 속
화초 따위야
부럽지도 않았다.

한순간 화려함을 꽃이라 일컫는가?
밟혀도 되살아나 마음껏 푸를진대

분 발라
치장한 삶은
꿈꾸지도 않았다.

홀로 서서

서산에 해가 지니
하늘이
텅 비었다.

바람이 숨죽이니
들녘이
텅 비었다.

무심히 바라보노니
내 안도
텅 비었다.

고목

이토록 가혹했나
스스로 긋는 칼날
나이테 겹겹마다
켜켜이 쌓이는 한
모질게
도려 파내어
비워 버린 몸뚱이.

그렇게 버거웠나
짊어진 삶의 무게
삭정이 떨궈 가며
모지라진 관절 마디
버릴 것
더는 없어라
앙상 마른 껍데기.

저처럼 간절했나

한 생을 이어온 꿈

덧나고 또 아물며

딱지 앉은 상처에서

우러른

하늘을 향해

다시 돋는 이파리.

바위

얼마나 더 깎일지
파고드는 비바람에
무엇을 또 묻을지
육중한 침묵 속에
쉼 없이
덮치는 파도
온몸으로 견디며.

태산이 무너져도
꿈쩍 않을 몸가짐은
날벼락 내리친들
변함없는 얼굴빛은
부딪쳐
쪼개질지언정
아니 허리 굽히리니.

몽돌

애초에 어느 돌이 둥글게 태어나랴
누군들 살아가며 깨어짐 없었으랴

다듬어
몇 겁을 다듬어
둥글어진 저 모습.

한세월 다독여도 모가 난 이 마음은
긁히고 긁어 대며 찢어진 이 가슴은

보듬어
못난 속 보듬어
둥근 몽돌 닮고자.

갯벌

뭍인 듯
바다인 듯
한적한 듯
부산한 듯

끈적한 너른 뻘밭
걸음마다 빠지는 발

여린 듯
질긴 목숨들
삶을 캐는
손길들.

소

멍에를 얹고 가는
코뚜레 꿰인 생애

삭일 것 그리 많아
쉴 없는 되새김질

해 질 녘
언덕을 넘는
워낭 소리 느릿느릿.

11월

성큼
다가서는 한 해의 끄트머리

아직은
미련처럼 걸려 있는 달력 한 장

자꾸만
뒤돌아보며 서성이는 발걸음.

강설(降雪)

하얀 눈 내리느니
하얗게 높은 하늘
하얀 눈 쌓이느니
하얗게 넓은 대지
하늘 땅
하얗게 지우며
하염없이 내리는 눈.

겨울밤

달빛에 물드는 눈
눈빛에 물드는 달

허공에 우는 바람
바람에 우는 허공

외딴집
창문 밝히는
불빛 하나 희미한.

풍경

법당의 불을 끄면
달빛은 더 환하고

목탁 소리 그친 산사
풍경 소리 혼자 맑아

얻고자
깨달음, 깨달음
온몸으로 울리는.

그믐달

누군가?
이 새벽녘
잠 못 이룬 저 불빛은

달
차고
기울도록
풀지 못한
아픔 있어

그믐밤
지친 달빛에
사르는 이 누구인가?

밤비 그치고

빗물 고인 자리
내려와 앉은 하늘

별빛 숨어드는
넓고도 깊은 우주

바람결
지는 잎 하나
은하 속을 흐른다.

길 위에서

얼마나 걸었을까?
흔적 없는 이 바람 속

무엇을 잡았을까?
흩어지는 저 구름들

헛되이
허공에 매달린
하루살이 날갯짓.

2부

꿈꾸며 천년을 날아

소쇄원(瀟灑園)

몸 씻는 바람 소리
마음 닦는 냇물 소리
선비의 맑은 정신
초목마다 서린 그곳
신선이
살고 있는가
푸른 숲속 정원에.

오곡문 담장 아래
세월을 잇는 계류
광풍각 제월당에
새어드는 달빛 자락
귓전에
들려오는가
낭랑히 글 읽는 소리.

망해사(望海寺)

속세의 한 끝자락 천년의 불법 도량
사해로 이어지는 수평선 저 너머로

구우웅
긴 범종 여운
노을 젖어 울린다.

모래알 쌓인 업장 씻어 내는 푸른 물결
삼계의 일체중생 일깨워 건지고자

똑똑똑
맑은 목탁 소리
파도 타고 흐른다.

운주사 와불 앞에서

분별치 아니함이 부처님 마음인즉

거꾸로 누운 뜻을 헤아려 무엇하리

그 모습 대하는 순간 손 모으면 되느니.

선암매

봄소식 아직 일러
싸늘한 계곡 바람
선암사 매화 찾아
깃 여며 걷는 숲길
눈 녹아
흐르는 물에
독경 소리 실려 가고.

승선교 건너 돌아
일주문 들어서면
돌담장 나지막이
햇살이 머무는 곳
선암매
그 가지마다
곱게 버는 꽃망울.

늦겨울 배웅하는
백매화 시린 눈빛
이른 봄 마중 나온
홍매화 붉은 볼빛
섰느니
암향에 취해
가는 시간 잊고서.

팔공산 갓바위

팔공산 천여 계단 올라서니 너른 공터
맞닿은 푸른 하늘 둘러친 병풍바위

말없이
앉아 계시는
갓바위 저 부처님.

낮은 몸 더 낮추어 경건히 꿇는 무릎
우러러 합장하며 백팔 배 올린 마음

조용히
굽어보시는
석조 여래 부처님.

고창 고인돌

여기는 선사 시대
펼쳐진 삶의 흔적
이 땅의 생령들이
몸 뉘어 잠이 든 곳
누구를
기다리는가
아스라한 그 시간.

육신을 덮었던 돌
혼백이 스민 유택
한 삶이 있었노라
묵언으로 알린 세월
그 숨결
느껴지는가
어루만진 손길에.

계백 묘역에서

황산벌 높은 함성 구국의 오천 결사
전장에 바치느니 초개 같은 이 한목숨

흥망을
함께 하리라
백제의 이름으로.

처자의 목숨 없어 벼려온 푸른 칼날
나당의 창검 속에 뿌려지는 뜨거운 피

죽어서
함께 하리라
가족의 이름으로.

사비의 눈물 흐른 백마강 슬픈 물결
그와 함께 닫히는 칠백 년 왕업의 문

역사는
기억하리라
충절의 이름으로.

성삼문 유허지(遺虛址)에서

낳았느냐?
세 번 물어
하늘이 점지하고

이제(夷齊)를 한(恨)하면서 걸어온 신하의 길

한목숨
버릴지언정
두 임금을 섬기랴.

보았느냐?
낙락장송
봉래산 제일봉에

칼바람 눈보라 속 홀로 푸른 굳센 절개

오늘을
사는 우리가
그 마음을 모르랴.

찾았느냐?
그의 자취
탄생하신 그 옛터

유허비 충문사에 새겨둔 선비의 뜻

다시 올
천년 세월에
잊힐 일이 있으랴.

직지(直指)

질문을 받았지요
직지를 아느냐고
최고(最古)의 금속 인쇄
유네스코 기록 유산
참으로
자랑스러워
웃으면서 답했지요.

덧붙여 말했지요
우수한 우리 민족
최초(最初)의 금속활자
서양보다 앞선 기술
당연히
우쭐한 마음
자부심을 느꼈지요.

누구냐 묻더군요

그 활자 만든 사람

독일은 구텐베르크

동상까지 세웠다고

갑자기

부끄러워져

대답할 수 없었지요.

도공(陶工)의 꿈
- 청자상감운학문매병(靑磁象嵌雲鶴紋梅甁)

한가한 구름 사이
활짝 편 하얀 날개
학처럼 날고 싶은
가없는 푸른 하늘
비천한
인간의 옷일랑
훌훌 벗어 던지고서.

비췻빛 고운 자태
둥글게 빚은 마음
혼 서린 손끝에서
깨어난 학의 숨결
날으리
저 높은 곳으로
바람 타고 유유히.

흙 묻은 질곡의 삶
털어낸 저 날갯짓
인고의 불길 너머
귀천이 없는 세상
꿈꾸며
천년을 날아
이루어질 소망이여.

한강(漢江)

옛사랑 흘러갔네 아리수 강물 따라
즈믄 해 몇 번인가 함께 흐른 우리 역사

면면히
이어지는 꿈
밀려오는 저 물결.

봄버들 휘늘어진 그 옛날 노들강변
구성진 가락 속에 춤추는 버들가지

젖어 든
민초의 가슴
넘실대는 저 물결.

남한강 또 북한강 반가운 두물머리
만날 날 그 언젠가 갈라진 우리 남북

소리쳐
얼싸안을 날
반짝이는 저 물결.

한반도 허리 둘러 대수에서 한강까지
끊임없이 녹아드는 한겨레 배달의 혼

드넓은
세계의 바다로
흘러가는 저 물결.

의암(義巖)

하늘에 빌었더냐 분화장 짙게 하고
갑옷에 흩뿌리는 죽음의 환한 미소

한 여인
품은 큰 뜻을
알았더냐, 바위여.

권주가 불렀더냐 원수를 얼싸안고
가냘픈 그 손길로 열어젖힌 저승의 문

꽃송이
허공에 질 때
울었더냐, 바위여.

강물 빛 푸르더냐 유구한 세월 속에
물결 되어 일렁이는 충혼의 더운 가슴

고운 임
짙붉은 넋을
새겼느냐, 바위여.

선교장 소나무

도성이 어디런가
천 리 밖 외진 자리
왕실 고택 굽어 두른
저 언덕 낙락장송
금강송
우람한 가슴
긴 사연을 담았다.

아득한 세월 저편
스러진 왕조의 꿈
활래정 연꽃들은
피는가, 추억으로
솔바람
나직한 울음
밤하늘에 퍼진다.

인간사 얽힌 시름

동여맨 속 나이테

세상사 혼탁해도

한결같이 푸른 솔잎

용틀임

기운찬 몸짓

아침 해를 맞는다.

땅끝에서

바라보니 한반도
육지가 끝나는 곳
돌아서니 삼천리
땅이 시작되는 곳
모든 것
품어 안으리
시작부터 끝까지.

저 바다 이 육지도
모두가 우리의 길
오대양 육대주로
뻗어 갈 번영의 길
언제나
다시 서리라
새로운 길 바라보며.

가파도 청보리밭

새봄도 푸르른 날 가파도 청보리밭
푸른 바다 한가운데 청보리밭 그 사잇길

나 어찌
걷지 않으랴
발길마저 가볍거늘.

출렁이는 푸른 파도 살랑대는 푸른 잎새
따스한 저 햇살에 녹아드는 푸른 마음

온 세상
물들지 않으랴
바람마저 푸르거늘.

제주도 왕벚나무

사쿠라 눈부셨네
눈부셔 부러웠네
부러워 외면했네
외면한 채 살아왔네
네 고향
탐라국인 줄
이리 늦게 알았네.

하늘 받든 힘찬 가지
흐드러진 하얀 꽃잎
이제는 내 마음도
햇살에 한껏 실어
천지가
온통 환해진
그 어느 날 이른 봄.

동백꽃 연가

선운사 붉은 아씨 노래한 시가 많아 동백섬 고운 처녀 얼마나 서운하며 오동도 새악시인들 할 말이 왜 없겠는가?

한겨울 흰 눈발 속 순금 빛 가슴 열 때 제주도 비바리도 함께 마음 설레리니 겨울꽃 웃는 곳마다 시 한 수 왜 없겠는가?

산수유 피는 마을

봄이라
이 강산에
산수유 피는 마을
망울마다
터지는
햇살 노란 오라기들
그 햇살
바람에 실려
온 마을 물드느니.
꽃구름
구름 속에
집들은 잠겨 들고
꽃바람
바람 속에
옷자락 휘날리어
신선이
거니는 길목
산수유 피는 마을.

무궁화

무궁화 피었더라 글 속에 노래 속에
드물게 피었더라 삼천리 이 강산에

가꾸고
피워내야 할
겨레의 얼 우리 꽃.

무궁화 피어나리 집마다 마을마다
만발한 무궁화꽃 삼천리 이 강산에

영원히
시들지 않을
민족의 혼 우리 꽃.

아리랑

아리랑 아라리요
울면서 웃으면서

인생길 굽이굽이 맺히고 얽힌 사연

다독여
가슴 속 멍울
풀어내던 그 노래.

아리랑 아라리요
오리라 밝은 그날

찢기고 짓밟힌들 넋이야 빼앗기랴

끝끝내
되찾을 나라
되뇌이던 그 노래.

아리랑 아라리요
아득한 하늘 너머

애니깽 뜨거운 땅 시베리아 눈보라 속

그리운
머나먼 조국
눈물짓던 그 노래.

아리랑 아라리요
물보다 진한 핏줄

살아온 이역만리 고려인 먼 후손들

찾고자
한민족 뿌리
가슴 새긴 그 노래.

아리랑 아라리요
어깨춤 덩실덩실

온 세상 뿌리내린 배달의 새 세대들

하나 된
지구촌 안에
울려 퍼질 그 노래.

3부

언제나 뿌린 그대로

백 세 인생

허언이 아니더라
유행가 백 세 인생
이 공원 저 지하철
붐비는 늙은이들
오히려
귀에 설더라
어르신 그 높임말.

뜻 없이 먹고 자면
천 년 산들 무엇하리
밑그림 다시 그릴
늘어난 인생 여백
고옵게
채색하느니
아름다운 황혼이여.

살아보니

젊은이 갈팡질팡
어설퍼 웃었더냐
늙은이 엉거주춤
답답해 화나더냐
아서라
그 나이 때면
누구라도 그러한즉.

길고도 험난한 길
숨 가쁘게 뛰는 것을
긴 여정 고단한 몸
쉬엄쉬엄 걷는 것을
어차피
젊고 늙음이
한 길 속에 있는 것을.

체념

도대체 뭔 말이여? 댕댕이 복세편살
꼰대의 잔소리지 공맹을 설해 본들

귀 막고
입 닫은 채로
먼 산 보며 살리라.

어떻게 하는 거여? 유튜브 페이스북
개밥에 도토리지 늙은이 끼어 본들

잔 들고
신 청산별곡
읊조리며 살리라.

핸드폰 사랑

손꼽아 헤던 사랑
핸드폰 없던 시절
임 소식 알 길 없어
쌓이는 그리움들
가슴에
꼭 끌어안고
애태우던 그 사랑.

손가락 바쁜 사랑
핸드폰 흔한 세상
수시로 눌러대는
문자와 이모티콘
기계로
주거니 받거니
게임 같은 그 사랑.

머물 틈 없는 사랑
디지털 빠른 세대
손쉬운 아침 만남
더 쉬운 저녁 이별
가벼운
핸드폰 사랑
장난 같은 그 사랑.

인공지능

모든 일 다 해주니
여러분은 푹 쉬시라.

생각도 대신하니
인생 그저 즐기시라.

개 팔자
상팔자라고
부러워들 마시라.

악플러에게

댓글 읽어보라
무엇이 보이는가?
투명한 거울처럼
네 모습 비칠진대
추한 글
얼룩진 마음
부끄럽지 않은가?

비난과 욕설로써
얻을 것 무엇인가?
고운 말 한마디로
천 냥 빚 갚을진대
맑은 글
깨끗한 마음
아름답지 않은가?

갑질

영어로 Gapjil이래
외국까지 소문났어
분명코 병이리니
약자를 괴롭힘은
빈 껍질
가득 찬 허세
갑질(甲疾)이라 진단함.

생각은 하기 나름
낱말 뜻 바꿔보면
최고의 선행이니
약자를 배려함은
넉넉한
대인의 모습
갑질(甲質)이라 명명함.

미투(me too)

얼마나 망설였나
맨 처음 입을 열 때
속 맺힌 응어리는
풀어야 할 삶의 매듭
스스로
내보여야 할
핏빛 진한 주홍글씨.

찬바람 허허벌판
홀로 선 너의 미투
서로가 내미는 손
맞잡아 따뜻한 손
더 나은
세상을 향하여
함께 걷는 우리 미투.

비정규직

구름 위 밝은 세상 오르고 싶었었다.

늘어진 동아줄에 온몸으로 매달렸다.

툭 하고 삭은 동아줄 끊어지고 말았다.

경비

경비(警備)로 일합니다.
경비(輕費)를 받습니다.

경비(經費)를 줄이려고
온갖 일 다 합니다.

차라리
경비(譬婢)라 할까요?
매도 맞고 삽니다.

도시 우화

1.
힘들다, 층간소음
조물주 하소연에
위층의 건물주가
한소리 해댔다네
그 방 빼
건방지게시리
얻다 대고 불평이야?

2.
사다리 끊어진 삶
흙수저 넋두리에
빌딩주 금수저가
픽 하고 웃었다네
고층은
엘리베이터 타
사다리가 어딨어?

새 식구

책에서 배웠지요 우리는 단일 민족
좁아진 세상에서 오가는 이민족들

물처럼
섞여가느니
지구촌은 한 가족.

노래도 불렀지요 배달의 단군 자손
따뜻이 품어 안는 다문화 서툰 모습

더불어
살아가느니
우리 모두 한 가족.

미세먼지

보이는가?
저 풍경들, 먼지 속에 함몰되는
걸었는가?
그 먼지 속, 폐 속을 파고드는
어릴 적
맑은 바람 소리
가슴속에 가득한데.

알겠는가?
저 먼지들, 문명의 산물인 줄
깨닫는가?
파멸의 씨, 인간의 욕망인 줄
언제나
뿌린 그대로
돌려주는 자연인데.

코로나 19

미물 - 움직이다.
인간 - 숨죽이다.

자연 - 그대로다.
지구 - 돌아간다.

칭하여 만물의 영장 낯 뜨겁지 않은가?

문명 - 물러섰다.
오염 - 사라졌다.

일상 - 멈추었다.
행복 - 알게 됐다.

자세를 낮추는 삶이 마땅하지 않은가?

바이러스

그 누가 인간들을 포유류로 분류했나?

막 가자는 거지
망나니 칼춤 추듯 휘두르는 톱날에
갈가리 찢어지는 푸른 숲

아무 생각 없는 거지
폐수에 염색된 검은 물 위로
서서히 떠오르는 물고기 하얀 뱃가죽

정말 아무 생각 없이 막 가자는 거지
방독면 뒤집어쓴 채
굴뚝을 세워 연기를 내뿜는 인간들

마지막 한 방울까지
숙주의 피를 빨아 대는 기생충
몸뚱이가 죽을 때까지
무한 증식하는 암세포

하나밖에 없는 지구
끊임없이 파헤치고 갉아먹는

아는가
신종 바이러스
인간이란 종족을.

이거슨 시조이다

이거슨 시조이다 운율이 딱맏자나
마춤법 이나띠어 쓰기는 틀려도되
는거야 알건냐개되 지드라주 어업따.

플라톤 가라사대 정치를 외면 말라
질 낮은 인간들의 지배를 받게 된다.
이 말은 주어가 있다, 귀 있거든 들어라.

누구일까요?

정자와 이분들의
공통점 있다더라.
대단히 중요하다?
그 말도 맞긴 한데
지극히
희박하단다
인간이 될 확률이.

말이야 비단이지
지키지도 않을 약속
섬마을 일 번지 땅
서로 뺏고 싸우다가
인사는
또 잘도 해요
때가 되면 한 번씩.

출세의 덕목

벼슬을 꿈꾸는가?
열심히 공부하라.
부지런히 갈고 닦은
출세의 여섯 덕목
청문회
그날이 오면
만천하에 자랑하라.

대장부
병역 기피 첫 번째 기본 덕목
위장 전입
세금 탈루
논문 표절
전관예우
단연코 부동산 투기는 으뜸가는 필수 덕목.

위법이 드러나면
머리를 조아려라.
몰랐다, 실수였다,
시치미 뚝 떼거라.
백성들
조롱 너머에
부귀영화 있느니.

믿습니다

뉴스를 믿습니까?
카더라 괴담 통신
받아쓰고 베껴 쓰는
따옴표 저널리즘
딱 하나
스포츠 뉴스
그것만은 믿습니다.

어디에 쓰일까요?
읽지도 않는 신문
계란판 재활용에
포장지 해외 수출
반려견
배변 받이로
요긴하게 쓰입니다.

펜의 힘을 믿습니까?

총보다 강한 언론

기레기 오명 속에

숨어 있을 기자 정신

반드시

정론직필이

이길 것을 믿습니다.

시일야방성대곡

인간의 거친 발길 뭉개진 자연의 땅
고성방가 술잔 속에 떨어진 여린 꽃잎

풀꽃은
그리 지는가?
시일야 방성대곡(是一夜 放聲大哭).

피폐한 산천초목 여전한 고성방가
찾을 날 언제일까? 자연의 원래 모습

풀꽃이
다시 피는 날
시일야 방성대곡(是一夜 方姓大哭).

4부

스치는 달빛에 베이어

몰랐습니다

당신이 간다기에
떠난 줄 알았지요.

떠나고 안 보이면
잊을 줄 알았지요.

정녕코
몰랐습니다
가슴속에 남은 줄은.

별

못다 한 그 사연들
꿈인 듯 아롱아롱

숨겨 둔 이 그리움
눈물로 그렁그렁

바람만
살랑 닿아도
쏟아질 듯, 쏟아질 듯.

석류

– 조운 시조 〈석류〉를 읽고

행여나 보일세라
속 깊이 묻었건만

이 가을 실바람에
찢기어 터진 가슴

참아 둔
붉은 눈물이
알알 맺힌 저 가슴.

야상(夜傷)

한 점 바람 없는
깊은 밤 가을 뜨락

생채기 후벼대는
풀벌레 여린 울음

스치는
달빛에 베이어
소리 없이 지는 잎새.

이슬

몰라서 맺혔으랴
햇살에 스러질 줄

첫 빛을 품어 안고
눈물로 망울질 때

영롱히
빛나는 순정
그 순간을 위하여.

언덕에서

바람
불어온다.
잡히지 않는 그대

풀잎
흔들린다.
속절없는 마음이여

시간은
저 강물처럼
돌아오지 않는데.

억새

가신 임 언제 오나
하루해 또 저물어
하늘 끝 바라보다
길어진 가녀린 목
지새운
달빛에 젖어
하얗게 센 머릿결.

조용히 머물다가
말없이 가는 구름
산새들 수다 속에
임 소식 아니 들려
바람이
행여 아실까
애원하는 저 손짓.

우물터

긴 세월 더듬으며 다시 찾은
그 자리
버드나무 뒤에 숨어 가슴 뛰던
그 자리
물동이 머리에 인 채 웃어주던
그 자리.

메워진 맑은 우물 풀 무성한
그 자리
베어진 그루터기 사람 없는
그 자리
잔바람 못내 아쉬워 서성이는
그 자리.

사금파리

날 선 햇살 가득
들춰낸 묵은 기억

깨어져 반짝이는
아,
그 시절
고왔던 꿈

맺힌다
선홍빛 방울
설핏 긁힌 가슴에.

간이역

누구를 기다리나
홀로 핀 코스모스

내리는 사람 없이
멀어지는 기적 소리

산 넘어
날아간 작은 새
돌아올지 어떨지.

만추

무서리 내렸을까?
고향 집 돌담에는
갈대숲 강 언저리
서성이는 하얀 철새
뒹구는
가랑잎 사이
소슬바람 이는데.

첫눈이 내렸을까?
산 너머 그곳에는
창백한 하늘 저편
홀로 나는 하얀 철새
하루해
이내 저물면
쉬어갈 곳 어디에.

모래

가만히
움켜쥐면
스르륵
빠져나가
허전한
손바닥엔
까칠한
모래
자국
말없이
가버린
사람
남겨놓은
발자국.

새

어둠 속 헤매는 새
보이지 않는 불빛

토하듯 목쉰 울음
메아리 없는 정적

나는가
내 가여운 꿈
어느 별을 찾아서.

백주몽

한 생각 마디마디
때 없이 스미는 꿈

마음속 방울방울
틈마다 고이는 꿈

깰까 봐
혹여 깨질까 봐
뜨지 못한 슬픈 눈.

낙숫물

어둠을 적시는 비 기척도 없었는데
낙숫물 듣는 소리 옛 생각 돋는 소리

세월에
묻힌 사연들
새록새록 돋는 소리.

가슴을 적시는 비 내색도 안 했는데
낙숫물 듣는 소리 그리움 피는 소리

끝끝내
지우지 못한
그대 모습 피는 소리.

바람꽃

바람에 마음 열어
조용히 내민 얼굴

희도록 씻었는가
애증이 남긴 얼룩

없어라
한 점 티끌도
저 담담한 미소 속에.

산 그림자

잔잔한 맑은 호수
말 없는 가슴처럼

드리운 산 그림자
그 사람 모습처럼

속 깊이
잠겨 들어와
곱게 물든 추억처럼.

안개

아쉬운 꿈결인 듯
아련한 추억인 듯

보일 듯 감춰지던
그대의 엷은 미소

평생을 되새김해도
그러한 듯
아닌 듯.

의자

어디에 기대오리 그대가 아니라면
길 잃어 방황하던 덧없는 지난 세월

찾아와
기대 안기매
지쳐 있는 내 발길.

언제나 비어 있는 넉넉한 그대의 품
가만히 내려놓은 세파에 시달린 몸

눈 감아
어루만지매
눈물 어린 내 꿈길.

은발

어느 봄
길목에서
살랑이던 그 머릿결

꿈결처럼 다가오던 수줍은 그대 발길

복사꽃
자태 속에서
살랑이던 그 머릿결.

비탈길
굽이마다
흩날리던 그 머릿결

빗줄기 바람 속에 꿋꿋한 그대 몸짓

의연한
눈빛 속에서
흩날리던 그 머릿결.

긴 능선
고개 너머
반짝이는 그 머릿결

흰 서리 곱게 내려 주름진 그대 얼굴

단아한
미소 속에서
반짝이는 그 머릿결.

만상을 수렴한 존재론적 삶의 시조

신기용(문학평론가, 문학 박사)

1. 들어가기

　김홍균 시인은 수필집 『도시락 1』(2015), 시서화악(詩書畵樂)집 『도시락 2』(2021), 시집 『그런 시절』(2017)을 출간한 바 있다. 그동안 등단 시인 못지않은 작품 수준으로 말미암아 주위에서 등단을 권유해 왔다. 그러나 시 창작을 비롯한 글쓰기 자체를 좋아하면서도 등단만은 거부해 왔다. 그러면서도 동시와 시조를 문예지에 발표해 왔다. 늦게나마 등단 절차를 중시하는 문단 풍토의 흐름에 발맞춰 계간 『문예창작』(2022, 봄호)을 통해 시조시인으로 등단했다.

 이번 시조집 『스치는 달빛에 베이어』에 80편의 시조를 수록했다. 이 시조집의 특성은 첫째, 다양한 기사 방법을 채택한 점, 둘째, 많은 이야기를 함축하여 녹여 넣은 점, 셋째, 언어유희와 반복법을 통해 강한 메시지를 담은 점 등을 꼽을 수 있다. 첫째와 둘째의 특징을 다시 말하면, 3장 6구의 기본 형식 정형 틀 안에서 현대적 다양한 기사 방법을 채택한 점과 43자 내외의 틀 안에 많은 이야기를 함축하여 녹여 넣은 점은 현대 시조가 지향하는 바를 나름의 개성을 가미하여 시조를 더욱 돋보이게 한다. 셋째의 언어유희와 반복법을 예를 들면 다음과 같다. "하얀 눈 내리느니/ 하얗게 높은 하늘/ 하얀 눈 쌓이느니/ 하얗게 넓은 대지/ 하늘 땅/ 하얗게 지우며/ 하염없이 내리는 눈."(「강설(降雪)」 전문)은 7행으로 기사한 평시조이다. '하'라는 두음을 7번 반복 장치했다. '하얀' 2회, 하얗게 3회, 하늘 1회, 하염없이 1회이다. 또한, "경비(警備)로 일합니다./ 경비(輕費)를 받습니다.// 경비(經費)를 줄이려고/ 온갖 일 다 합니다.// 차라리/ 경비(警婢)라 할까요?/ 매도 맞고 삽니다."(「경비」 전문)는 3연 7행 형식으로 기사한 평시조이다. '경비'라는 의미가 다른 동음의 한자어를 시어로 4번 반복 장치하여 현시대의 갑질을 풍자하고 있다. 언어유희와 반복법은 강한 메시지를 담아 전달하려는 시인의 의도적인 장치이다.

이러한 특징이 맛깔스럽게 스며든 시조를 읽어 본다. 첫 번째, 만상을 수렴한 존재론적 삶의 시조, 두 번째, 시절을 비틀고 꼬집는 풍자 의식이 녹아 흐르는 시조, 세 번째, 탁월한 시어 조탁 능력과 풍부한 상상력의 시조, 네 번째, 선적(禪的) 상상력이 깃든 시조, 다섯 번째, 역사에서 길어 올린 충절과 온고지신의 시조 등으로 구분하여 읽어 본다.

2. 만상을 수렴한 존재론적 삶의 시조

김 시인의 시조는 우주 현상, 자연 현상, 사물 현상, 사회 현상 등과 삶의 현상을 탄탄하게 결부해 나간다. 즉, 만상에서 삶을 길어 올린다. 시조도 시이다. 인생을 타진하지 않은 시는 감동이 없고, 독자로부터 공감을 획득할 수 없다. 그런 측면에서 김 시인의 시조는 매우 성공적이다. 만상을 수렴한 존재론적 삶의 시조를 읽어 본다.

흔하다 천히 여겨 잡초라 부르는가?
가꾸는 손길 없이 스스로 푸를진대

온실 속
화초 따위야
부럽지도 않았다.

한순간 화려함을 꽃이라 일컫는가?
밟혀도 되살아나 마음껏 푸를진대

분 발라
치장한 삶은
꿈꾸지도 않았다.

—「잡초」전문

「잡초」는 두 개의 연으로 구성한 연시조이다. 기사 방법
은 1, 2연 모두 종장은 초장과 중장을 분리하여 행갈이한
뒤, 3행으로 기사했다. 내용 면에서는 삶을 깊숙이 타진한
시조이다. 잡초라는 객관적 상관물을 끌어와서 존재론적
삶을 타진한다. 1연 초장에서 "흔하다 천히 여겨 잡초라 부

르는가?"라며 의문을 던진다. 중장에서 "가꾸는 손길 없이 스스로 푸를진대"라며 가꾸지 않아도 스스로 끈기 있게 생장하는 잡초의 끈질긴 생명력을 말한다. 종장에서 "온실 속/ 화초 따위야/ 부럽지도 않았다."라고 잡초를 온실 속 화초와 대비하면서 부럽지 않다며 대조법으로 희화화했다. 2연 초장에서도 1연의 초장처럼 "한순간 화려함을 꽃이라 일컫는가?"라며 의문을 던진다. 중장에서 "밟혀도 되살아나 마음껏 푸를진대"라며 밟히고 밟혀도 고개를 곧추세우는 끈질긴 생명력을 다시 반복한다. 종장에서 "분 발라/ 치장한 삶은/ 꿈꾸지도 않았다"라며 화초처럼 화려한 삶을 단호하게 부정하고 거부한다.

멍에를 얹고 가는
코뚜레 꿰인 생애

삭일 것 그리 많아
쉼 없는 되새김질

해 질 녘
언덕을 넘는

워낭 소리 느릿느릿.

—「소」 전문

「소」는 인간의 삶과 소의 생애를 겹쳐 상징적 장치를 한 시조이다. 과거 농경 사회에서 소는 매우 중요한 노동력이다. 농사일을 하던 소는 한평생 '멍에'와 '코뚜레'라는 가혹한 구속에서 벗어나지 못했다. 소한테 '멍에'와 '코뚜레'는 사람이 만든 이기의 산물이고, 가혹한 형구(刑具)이다. 소의 생애 그 자체가 인간이 만들어 놓은 형벌이었다. 인간이 만들어 놓은 형벌 속에서 갇혀 살다가 죽어서야 그 형벌에서 벗어날 수 있었다.

특히 '멍에'라는 사물은 구속된 삶과 고통을 상징한다. 그 멍에와 코뚜레를 객관적 상관물로 끌어와 삶을 타진하고, 삶과 깊숙이 결부해 놓았다. 초장에서는 소의 멍에와 코뚜레를 인간의 멍에 같은 삶을 겹쳐 놓았다. 중장의 "삭일 것 그리 많아/ 쉼 없는 되새김질"이라는 표현은 소의 되새김질과 인간의 성찰과 겹쳐 놓았다. 시적 화자는 과거를 반성하고 성찰하지만, 후회할 일만 되새길 수밖에 없다는 의미를 담았다. 종장에서는 해 질 녘의 소와 시적 화자 노년의 삶과 겹쳐 놓았다. "해 질 녘/ 언덕을 넘는/ 워낭 소리 느릿느릿."이라는 이미지에 주목해 본다. 황혼(해 질 녘)의 언덕을 넘어가는 느릿느릿한 소의 뒷모습과 느릿느릿 들려오는 워낭 소리의 형상을 통해 시적 화자 노년의 삶을 형상화한 것이다. 후반구 "워낭 소리 느릿느릿"은 청각에서 시각으로 전이하는 공감각적 이미지이다.

전반구의 "해 질 녘"이라는 저물어 가는 시간성에 다시 주목해 보면, 「11월」의 종장에서도 "자꾸만/ 뒤돌아보며 서성이는 발걸음"이라며 저물어 가는 시간성을 장치해 놓았다. 이에 노년의 존재론적 삶도 함께 장치했다. 마르틴 하이데거(Martin Heidegger, 1889~1976)의 실존주의적 존재론과 밀접한 관련이 있다. 이 저물어 가는 시간은 직선의 무한성의 시간이기도 하고, 원의 순환적 무한성의 시간이기도 하다. 이 직선의 무한성 측면에서는 삶에 대한 애착과 함께 삶의 성찰, 나아가 원의 순환적 무한성 측면에서는 다음의 생으로 넘어가는 순환 의식, 즉 윤회 사상의 표출로 읽히기도 한다.

삶을 타진한 시조를 간략히 더 읽어 본다. "켜켜이 쌓이는 한", "짊어진 삶의 무게", "딱지 앉은 상처에서"(「고목」에서)라며 고목에 빗대어 삶을 타진한다. "쉼 없이/ 덮치는 파도/ 온몸으로 견디며", "부딪쳐/ 쪼개질지언정/ 아니 허리 굽히리니"(「바위」의 1, 2연 종장)라며 바위에 빗대어 삶을 타진한다. "다듬어/ 몇 겹을 다듬어/ 둥글어진 저 모습", "보

듬어/ 못난 속 보듬어/ 둥근 몽돌 닮고자”(「몽돌」의 1, 2연
종장)라며 몽돌에 빗대어 삶을 타진한다.

3. 시절을 비틀고 꼬집는 풍자 의식이 녹아 흐르는 시조

　시조(時調)를 일컬을 때 시절가(時節歌)라는 이칭(異稱)으
로 말하기도 한다. 조선 시대의 학자 이학규(李學逵,
1770~1835)가 문집 『낙하생고(落下生稿)』에 수록한 “수련화
월야(誰憐花月夜) 시조정처처(時調正悽悽)”라는 한시구(漢詩
句)에서 시조를 언급하였고, 주에 ‘시조역명시절가(時調亦名
時節歌)’라고 했다. 문헌상의 기록은 이것이 처음이라는 주
장이 현재까지는 정설이다. 그리고 유만공(柳晩恭,
1793~1869)이 『세시풍요(歲時風謠)』에 “시절단가음조탕(時節
短歌音調蕩)”이라고 하면서 주해(註解)에 ‘속가왈시절가(俗歌
曰時節歌)’라고 했다. 시조의 개념을 말할 때 시절을 사계절
만을 의미한다고 해석하면 오류이다. 사계절만 의미할 뿐
만 아니라, 그 시대의 판국과 판세를 포괄하는 개념이다.
즉, 시조는 현실성을 반영하는 시문학이다.

모든 일 다 해 주니
여러분은 푹 쉬시라.

생각도 대신하니
인생 그저 즐기시라.

개 팔자
상팔자라고
부러워들 마시라.

— 「인공지능」 전문

「인공지능」은 4차 산업이라는 현대 문명을 비판적 시선으로 바라본 현실성의 풍자 시조이다. 제목 그대로 4차 산업의 핵심 기반 기술에 관한 시조이다. 인공지능, 즉 AI(artificial intelligence)는 빅 데이터를 바탕으로 한 디프 러닝(deep learning)을 통해 인간을 대신하여 노동을 이행할 수 있다. 초장의 "모든 일 다 해 주니/ 여러분은 푹 쉬시라."라며 인간의 일을 빼앗아 가는 AI와 그 문명의 수혜자인 인간을 함께 비틀고 꼬집는다. 중장의 "생각도 대신하니/ 인생 그저 즐기시라."도 초장의 연장선상에서 비틀고 꼬집는 표현이다. 종장에서 "개 팔자/ 상팔자라고/ 부러워들 마시라."며 강한 어조로 현대 문명의 이기와 현상을 비튼다.

벼슬을 꿈꾸는가?
열심히 공부하라.
부지런히 갈고 닦은
출세의 여섯 덕목
청문회
그날이 오면
만천하에 자랑하라.

대장부
병역 기피 첫 번째 기본 덕목
위장 전입
세금 탈루
논문 표절
전관예우
단연코 부동산 투기는 으뜸가는 필수 덕목.

위법이 드러나면
머리를 조아려라.
몰랐다, 실수였다,
시치미 뚝 떼거라.
백성들
조롱 너머에
부귀영화 있느니.

―「출세의 덕목」 전문

「출세의 덕목」은 3연으로 구성한 연시조이다. 출세욕에
눈먼 현시대의 세태를 비틀고 꼬집은 현실성의 풍자 시조
이다. 시적 화자는 인사 청문회에 약방의 감초처럼 등장하
는 병역 기피, 위장 전입, 세금 탈루, 논문 표절, 전관예우,
부동산 투기 등을 출세의 6가지 덕목이라고 정의한다. 이
런 불법을 당연시하는 자들이 지도층으로 진입하는 행태
와 악취가 풀풀 풍기는 세태를 비판적 시선으로 강하게 비
틀고 꼬집어 댄다.

　현실성을 반영한 풍자 시조를 간략히 더 읽어 본다. "뜻
없이 먹고 자면/ 천 년 산들 무엇하리"(「백 세 인생」의 2연 초
장)라는 기대 수명 백 세 시대의 삶, "가벼운/ 핸드폰 사랑/
장난 같은 그 사랑."(「핸드폰 사랑」의 3연 종장)이라는 핸드폰

에 의탁하며 살아가는 인간의 삶, "추한 글/ 얼룩진 마음/ 부끄럽지 않은가?"(「악플러에게」의 1연 종장)라는 악플에 시 달리면서 살아가는 현대인의 삶, "빈 껍질/ 가득 찬 허세/ 갑질(甲疾)이라 진단함."(「갑질」의 1연 종장)이라는 갑질의 세 태 속에서 살아가는 삶, "툭 하고 삭은 동아줄 끊어지고 말 았다."(「비정규직」의 종장)라는 비정규직으로 살아갈 수밖에 없는 삶, "자세를 낮추는 삶이 마땅하지 않은가?"(「코로나 19」의 2연 종장)라는 코로나19 팬데믹 시대를 살아가는 삶 등을 풍자한다. 이들은 현실성을 강하게 반영한 풍자 조의 시조이다.

4. 탁월한 시어 조탁 능력과 풍부한 상상력의 시조

이번 시조집에 김 시인의 등단작도 함께 수록하였다. 그 등단작은 「사금파리」, 「야상」, 「우물터」, 「몰랐습니다」, 「의 자」 등 5편이다. 계간 『문예창작』(2022, 봄호)의 "당선 시조 모두 완성도가 높다."라는 심사평의 일부를 인용 소개한다. "김 시인은 3장 6구 4음보의 기본 형식이라는 정형 틀 안 에서 현대적 다양한 기사 방법을 능숙하게 구사하고 있다.

그리고 43자 내외의 틀 안에 많은 이야기를 함축하여 녹여 넣을 수 있는 풍부한 상상력의 소유자이다. 이 같은 탁월한 시어 조탁 능력을 통해 시어의 긴장, 내용의 긴장, 구간(句間)의 긴장, 나아가 장간(章間)의 긴장 등 긴장미를 고조시켜 놓았다. 독자의 마음에 울림과 여운이 오래도록 남을 시조라고 평가해 본다. 김 시인의 개성적인 작법은 현대 시조가 나아가야 할 올곧은 길, 혹은 지향점임이 분명하다." 이 심사평을 뒷받침하는 측면에서 당선작을 자세히 읽어 본다.

날 선 햇살 가닥
들춰낸 묵은 기억

깨어져 반짝이는
아,
그 시절
고왔던 꿈

맺힌다
선홍빛 방울
설핏 긁힌 가슴에.

―「사금파리」 전문

「사금파리」는 9행으로 기사했다. 초장에서 시적 화자는 깨진 사금파리가 햇살에 반짝이는 모습을 보고 기억 속의 과거를 들춰내어 떠올린다. 전반구 "날 선 햇살 가닥"은 '날이 선'이라는 시어 구조에서 조사 '이'를 생략하여 파격했다. 그 자체만으로도 매우 강렬한 이미지를 안겨 준다. 후반구 "들춰낸 묵은 기억"도 매우 함축적으로 많은 이야기를 녹여 넣었다. 중장은 4행으로 기사했다. 전반구는 "깨어져 반짝이는"이라며 햇살 아래 반짝이는 사금파리 모습을 그려 냈다. 후반구는 자유시처럼 배열하여 기사했다. 감탄사 "아"를 한 행으로 배열했다. 그리고 "그 시절/ 고왔던 꿈"을 각각 한 행씩 배열하여 기사했다. 종장의 전환구의 "맺힌다"라는 동사형 반전 시어의 도치 효과는 긴 울림과 여운을 오래도록 남긴다. 3장 모두 울림과 여운이 길고 강하다. 후반구의 "설핏 긁힌 가슴에"도 시어의 긴장과 울림이 강하다.

긴 세월 더듬으며 다시 찾은
그 자리
버드나무 뒤에 숨어 가슴 뛰던
그 자리

물동이 머리에 인 채 웃어 주던
그 자리.

메워진 맑은 우물 풀 무성한
그 자리
베어진 그루터기 사람 없는
그 자리
잔바람 못내 아쉬워 서성이는
그 자리.

—「우물터」전문

「우물터」는 2연의 서정적 연시조이다. 기사 방법이 독특
하다. 각 장의 후반구에 "그 자리"라는 시어를 6번 반복하
여 장치해 놓았다. 이 반복법은 우물터에 관한 서정적 향
수와 그리움의 강조이다. 고향을 상징하는 서정적인 우물
터는 향수와 그리움이 점진적으로 쌓여 가는 듯한 심미적
효과를 가져온다. 이 시조에도 많은 이야기가 탄탄하게 녹
아들어 있다. 1연에서는 기억 속 우물터를 찾아 나서고, 그
리움을 드러낸다. 초장의 "긴 세월 더듬으며 다시 찾은/ 그
자리"는 기억 속에서 가물가물한 우물터를 찾아 나선 상

황을 진술한다. 중장의 "버드나무 뒤에 숨어 가슴 뛰던/ 그 자리"는 우물가에 그늘을 드리우던 버드나무를 회억하며 우물터를 찾는다. 종장에서는 자유시의 작법처럼 적당히 숨기고 적당히 드러내는 기법을 채택했다. "물동이 머리에 인 채 웃어 주던/ 그 자리."라며 물동이를 머리에 인 채 웃어 주던 사람의 정체를 드러내지 않았다. 그런 숨김은 어머니, 누이 등 생각만 해도 그리움으로 솟아나는 사람일 것이다. 결국, 우물터는 그리운 어머니에 관한 회억의 공간이라는 측면에서 해석하는 것이 가장 타당할 것이다. 2연 초장의 "메워진 맑은 우물 풀 무성한/ 그 자리"는 흙으로 메워져 사라진 우물터를 찾았으나 풀만 무성하여 그리운 그 시절의 회억과 함께 아쉬움만 남는 공간이다. 중장의 "베어진 그루터기 사람 없는/ 그 자리"는 1연에서 등장한 우물가 버드나무가 베어져 그루터기만 남아 인적이 없는 쓸쓸한 현실 공간이다. 종장의 "잔바람 못내 아쉬워 서성이는/ 그 자리."는 시적 화자의 마음과 함께 잔바람도 못내 아쉬워 서성이는 현실 공간이다.

어디에 기대오리 그대가 아니라면
길 잃어 방황하던 덧없는 지난 세월

찾아와
기대 안기매
지쳐 있는 내 발길.

언제나 비어 있는 넉넉한 그대의 품
가만히 내려놓은 세파에 시달린 몸

눈 감아
어루만지매
눈물 어린 내 꿈길.

—「의자」 전문

「의자」의 주제는 삶의 위로이다. 의자를 소재로 하여 삶
의 여정에서 지친 몸의 위로를 그려 나가는 2연의 연시조
이다. 힘든 삶의 여정과 포근한 안식에 관한 삶의 이야기를
유화(油畫)처럼 진하게 그려 놓았다. 이처럼 시조에 삶을 타
진해 나가는 솜씨가 돋보인다. 시적 화자는 1연 초장의 "어
디에 기대오리 그대가 아니라면"에서 의자의 중요성을 말
한다. 중장의 "길 잃어 방황하던 덧없는 지난 세월"에서 지
난 세월의 고단한 삶의 여정을 진술한다. 종장의 "찾아와/

기대 안기매/ 지쳐 있는 내 발길."에서 스스로 의자를 찾아 앉아 지친 몸을 의탁한다. 시적 화자는 2연 초장의 "언제나 비어 있는 넉넉한 그대의 품"에서 빈 의자의 넉넉함을 진술한다. 빈 의자의 포근하고 넉넉한 모습을 형상화했다. 중장의 "가만히 내려놓은 세파에 시달린 몸"은 고단한 삶의 여정에서 지친 몸과 마음의 상처에 관해 말한다. 종장의 "눈 감아/ 어루만지매/ 눈물 어린 내 꿈길."이라며 의자와 함께한 걸어온 삶의 여정을 더듬어 가며 그리워한다.

당신이 간다기에
떠난 줄 알았지요.

떠나고 안 보이면
잊을 줄 알았지요.

정녕코
몰랐습니다
가슴속에 남은 줄은.

                        ―「몰랐습니다」 전문

「몰랐습니다」는 7행으로 기사한 평시조이다. 이별과 그리움을 적당히 숨기고 적당히 드러낸 시조이다. "떠난 줄", "잊을 줄", "남은 줄"이라는 통사 구조를 반복하면서 차분한 어투로 이별과 그리움에 관해 진술해 나가는 시조이다. 초장 후반구 "떠난 줄 알았지요"와 중장 후반구의 "잊을 줄 알았지요"의 통사 구조도 동일하다. 이러한 동일한 통사 구조의 반복은 시적 효과를 극대화하기 위한 강조이다. 지극히 시인의 의도적인 장치이다. 어떤 이는 시조에서 반복적 시어 채택은 시어의 긴장을 떨어뜨린다고 말한다. 그러나 이 시조에서는 반복적 강조를 통해 울림과 여운을 남기는 시적 효과를 확보하였다고 평가해 본다. 종장의 "정녕코/ 몰랐습니다/ 가슴속에 남은 줄은"만 떼어 놓고 읽어 봐도 자연스레 선시(禪詩)처럼 다가와 여운이 감돈다. 즉, 선적 상상력을 촉발하는 단장(절장) 시조로 읽히기도 한다.

한 점 바람 없는
깊은 밤 가을 뜨락

생채기 후벼 대는
풀벌레 여린 울음

스치는
달빛에 베이어
소리 없이 지는 잎새.

—「야상」 전문

「야상」은 평시조이다. 초장의 "한 점 바람 없는/ 깊은 밤 가을 뜨락"에서 시조의 작법을 그대로 수용하여 장소와 시간의 배경을 진술한다. 계절은 가을이고 현재는 깊은 밤이다. 장소는 뜰이다. 즉, 바람 한 점 불지 않는 깊은 가을밤 뜨락이다. 중장의 "생채기 후벼 대는/ 풀벌레 여린 울음"에서 마음의 상처를 후벼 대듯 풀벌레의 여린 울음소리가 가을밤의 쓸쓸함과 함께 가슴에 파고든다. 종장의 전반구 "스치는/ 달빛에 베이어"는 이 시조집의 표제로 채택할 정도로 아픔에 관한 공감각적 이미지로 형상화하고 묘사한 매우 탁월한 표현력이다. 종장의 "스치는/ 달빛에 베이어/ 소리 없이 지는 잎새."라는 공감각적 이미지 묘사는 모순어법을 통한 생채기의 아픔에 관한 형상화이다. 이 종장만으로도 한 편의 시조이다. 즉, 단장(절장) 시조로도 완결성이 높다.

이 시조의 뛰어난 형상화처럼 "지새운/ 달빛에 젖어/ 하얗게 센 머릿결."(「억새」의 1연 종장)이라며 억새에 빗대어 삶을 형상화한 표현도 탁월하다.

5. 선적(禪的) 상상력이 깃든 시조

이 시조집에는 불교 신앙심을 표현한 시조가 많은 비중
을 차지한다. 불교 신앙심 관련 시조는 김 시인의 신앙심,
즉 불심(佛心)을 표현한 것이므로 그 자체만으로도 가치가
있다. 이 글에서는 자세히 다루지 않고, 앞에서 살펴본 「몰
랐습니다」처럼 선적 상상력이 깃든 시조 위주로 간략히 읽
어 본다.

법당의 불을 끄면
달빛은 더 환하고

목탁 소리 그친 산사
풍경 소리 혼자 맑아

얻고자

깨달음, 깨달음
온몸으로 울리는.
—「풍경」 전문

「풍경」은 달빛이 내려앉은 산사의 밤을 그려 낸 평시조이다. 초장은 달빛 환한 밤에 법당의 불이 꺼진 고즈넉한 풍경(風景)을 그려 냈다. 시적 화자는 중장에서 "목탁 소리 그친 산사/ 풍경 소리 혼자 맑아"라며 깊은 밤 더할 나위 없이 고요하고 아늑한 산사에 그친 목탁 소리 대신에 홀로 바람결 따라 울리는 풍경(風磬) 소리가 맑다고 인식한다. 종장에서 "얻고자/ 깨달음, 깨달음/ 온몸으로 울리는"이라며 온몸으로 울리는 풍경 소리를 통해 시적 화자도 온몸으로 깨달음을 얻으려고 한다. 특히 깨달음이라는 시어의 반복 장치와 쉼표는 깨달음의 깊이를 더해 가는 이미지로 읽힌다. 요약해 보면, 시적 화자는 달빛이 내려앉은 깊은 밤 고즈넉한 산사의 맑은 풍경 소리를 통해 온몸으로 깨달음을 얻는다는 이미지이다. 즉, 선적 상상력이 깃든 시조이다. 선적 상상력을 통해 깨달음을 지향한다는 의미이기도 하다.

누구를 기다리나
홀로 핀 코스모스

내리는 사람 없이
멀어지는 기적 소리

산 넘어
날아간 작은 새
돌아올지 어떨지.

―「간이역」 전문

「간이역」은 서정적 평시조이다. 간이역의 한가하면서도
고즈넉한 풍경(風景)을 수채화처럼 그려 낸 이미지 위주의
시조이다. 그러면서 3장 모두 서정성을 바탕으로 적당히 숨
기고 적당히 드러내어 긴 여운을 남긴다. 특히 종장 "산 넘
어/ 날아간 작은 새/ 돌아올지 어떨지"라는 표현은 선적
상상력이 깃들어 있어 여운이 오래 남는다.

 선적 상상력이 깃든 시조를 간략히 더 읽어 본다. "무엇
을 잡았을까?/ 흩어지는 저 구름들// 헛되이/ 허공에 매달
린/ 하루살이 날갯짓."(「길 위에서」의 중·종장)이라는 이미지
는 길 위를 걷다가 선문답하듯 삶의 궤적을 되돌아본다.

"하루살이 날갯짓 같은" 삶이라는 깨달음에 도달한다. 「홀로 서서」는 9행으로 기사한 시조이다. 각 장의 후반구를 두 행으로 나누었다. 각 장의 마지막 행에 "텅 비었다"를 반복 장치했다. 초장에서는 '하늘', 중장에서는 '들녘', 종장에서는 시적 화자의 '자아'가 텅 비었다는 의미이다. 하늘과 들녘과 자아를 동일시한다.

6. 역사에서 길어 올린 충절과 온고지신의 시조

김 시인은 다양한 역사적 사실과 유적지를 통해 충절과 온고지신의 삶을 시화했다. 즉, 충절과 온고지신의 삶의 자세로 역사적 사실을 수용하면서 미래 지향적인 역사 발전을 추구하는 인식을 시조에 녹여 넣었다. 이는 게오르크 빌헬름 프리드리히 헤겔(Georg Wilhelm Friedrich Hegel, 1770~1831)의 '정—반—합'이라는 변증법적 인식 작용을 통해 온고지신의 삶을 시조에 녹여 넣었다는 의미이기도 하다. 이 같은 역사와 문학의 융합은 인문학적 창의성과 창조적 상상력에 의해 표출한다. 역사에서 길어 올린 충절과 온고지신의 삶을 투영한 시조 두 편만 읽어 본다.

황산벌 높은 함성 구국의 오천 결사
전장에 바치느니 초개 같은 이 한목숨

흥망을
함께 하리라
백제의 이름으로.

처자의 목숨 없어 벼려온 푸른 칼날
나당의 창검 속에 뿌려지는 뜨거운 피

죽어서
함께 하리라
가족의 이름으로.

사비의 눈물 흐른 백마강 슬픈 물결
그와 함께 닫히는 칠백 년 왕업의 문

역사는
기억하리라

충절의 이름으로.

—「계백 묘역에서」 전문

　인용 시조의 1연은 계백 장군의 5천 결사대가 김유신의
5만 신라군과 맞서 싸운 이야기, 2연은 계백 장군이 전장
에 나아가기에 앞서 가족들의 목숨을 거둔 이야기, 3연은
7백 년을 이어온 백제의 멸망과 충절에 관한 이야기이다.
한마디로 요약하면, 역사적 사실을 바탕으로 백제 멸망의
슬픔과 충절에 관한 이야기를 시화했다. 이 시조를 이해하
려면 백제의 멸망을 상징하는 황산벌 전투에 관한 역사적
사실을 살펴볼 필요가 있다. 이를 간략히 풀어보면 다음과
같다. 660년 7월 9일, 백제 장군 계백은 5천 결사대를 거
느리고 황산벌의 험지를 점령하여 세 곳에 방어 진영을 설
치했다. 신라군이 진군하기만을 기다렸다. 황산벌에 당도한
김유신도 병력을 세 갈래로 나누어 백제군을 공격하였다.
백제군은 신라군과 네 차례나 싸워 거듭 승리했다. 계백은
신라군 좌장군 품일의 아들 관창(官昌)을 사로잡았으나 돌
려보냈다. 다시 쳐들어오자 사로잡아 목을 베어 죽여 말안
장에 목을 매달아 신라군 진중으로 돌려보냈다. 이에 신라
의 삼군 장병들이 비분강개하여, 모두가 죽기를 결심하고,

앞다투어 진격했다. 백제군 계백은 전사하고, 크게 패했다. 결국, 이 시조에 장치해 놓은 메시지는 계백 장군의 충절 어린 5천 결사대의 죽음과 백제의 멸망에 관한 슬픔의 승화이다. 즉, 승자 중심의 역사적 평가의 이면에 흐르고 있는 멸망의 슬픔을 충절의 역사로 승화시켜 놓은 것이다.

낳았느냐?
세 번 물어
하늘이 점지하고

이제(夷齊)를 한(恨)하면서 걸어온 신하의 길

한목숨
버릴지언정
두 임금을 섬기랴.

보았느냐?
낙락장송
봉래산 제일봉에

칼바람 눈보라 속 홀로 푸른 굳센 절개

오늘을
사는 우리가
그 마음을 모르랴.

찾았느냐?
그의 자취
탄생하신 그 옛터

유허비 충문사에 새겨둔 선비의 뜻
 다시 올
천년 세월에
잊힐 일이 있으랴.

— 「성삼문 유허지(遺虛址)에서」 전문

「성삼문 유허지(遺虛址)에서」는 조선 전기 사육신 가운데
한 명인 성삼문에 관한 이야기를 담았다. 충남 홍성에 소재
한 '성삼문 유허지'를 시조의 소재로 삼았다. 성삼문의 삶
은 충절과 의리의 표상이다. 두 임금을 섬길 수 없다며 단

종을 향한 충절로 죽음을 선택한 인물이다. 성삼문의 충절에 관해 미래 지향적으로 표현한 시조이다. 이 시조에서는 과거, 현재, 미래를 함께 읽을 수 있다. 1연 종장에서는 "한 목숨/ 버릴지언정/ 두 임금을 섬기랴."는 성삼문의 충절과 죽음에 관한 과거, 2연 종장 "오늘을/ 사는 우리가/ 그 마음을 모르랴."는 오늘날 이 시대에 살아가는 우리에게 온고지신의 역사를 인식하는 현재, 3연 종장 "다시 올/ 천년 세월에/ 잊힐 일이 있으랴."는 온고지신의 미래 지향적 충절의 삶의 자세를 제시하고 있다. 이처럼 역사적 사실을 바탕으로 변증법적 인식 작용을 투영한 시조이다.

7. 나가기

김 시인의 이번 시조집을 첫 번째, 만상을 수렴한 존재론적 삶의 시조, 두 번째, 시절을 비틀고 꼬집는 풍자 의식이 녹아 흐르는 시조, 세 번째, 탁월한 시어 조탁 능력과 풍부한 상상력의 시조, 네 번째, 선적 상상력이 깃든 시조, 다섯 번째, 역사에서 길어 올린 충절과 온고지신의 시조 등으로 구분하여 읽어 보았다.

이를 통해 김 시인이 우주 현상, 자연 현상, 사물 현상, 사회 현상 등과 삶의 현상을 탄탄하게 결부해 놓았다는 점, 이 시대의 현실을 비틀고 꼬집는 풍자 의식이 녹아 흐르는 점, 3장 6구 4음보의 기본 형식이라는 정형 틀 안에서 현대적 다양한 기사 방법을 능숙하게 구사하고 있다는 점, 43자 내외의 틀 안에 많은 이야기를 함축하여 녹여 넣은 풍부한 상상력의 소유자라는 점, 탁월한 시어 조탁 능력 소유자라는 점, 선적 상상력을 통해 깨달음을 지향한다는 점, 다양한 역사적 사실과 유적지를 통해 충절과 온고지신의 삶을 추구한다는 점 등을 읽을 수 있었다.

서두에서 언급한 바와 같이 이 시조집의 특성은, 첫째, 다양한 기사 방법을 채택한 점, 둘째, 많은 이야기를 함축하여 녹여 넣은 점, 셋째, 언어유희와 반복법을 통해 강한 메시지를 담은 점 등 세 가지로 요약할 수 있다. 이처럼 김 시인이 자신만의 개성적인 작법을 발전시켜 현대 시조가 나아가야 할 길을 뚜벅뚜벅 개척해 나가기를 빌어 본다. 성공적인 시조집 상재를 축하드린다.

연륜의 밥그릇을 비워낸 사람만이
낼 수 있는 성찰과 성숙의 언어

이수동 (시조시인, 문학박사)

김홍균 시인의 시조집 『스치는 달빛에 베이어』를 일독한 느낌은 연륜의 밥그릇을 비워낸 사람만이 낼 수 있는 성찰과 성숙의 언어라는 생각이다. 연륜은 학문과는 또 다른 절대성을 담보한다. 학문은 배우고 익히면 될 것이나 연륜은 많은 세월과 부딪혀야 얻어질 수 있는 것이다. 그의 시조를 읽다 보면 깨달음의 지혜를 만나게 되는 바 그 깨달음은 배우고 익혀 얻어지는 것이 아니다. 몸으로 부딪치며 겪어보고 얻어지는 관조, 달관, 내려놓음, 비움, 성찰과 통찰 등 복합적인 삶의 과정이 녹아있는 것이다. 그의 시조 몇 편을 통해 이런 깨달음의 지혜를 살펴보자.

이백(李白)이 노래하되
도화유수 묘연거(桃花流水 杳然去)
이군옥(李群玉) 슬퍼하며
낙화유수 원이금(落花流水 怨離襟)
흐르는
꽃잎을 보며
어찌 웃고 우는가?

뉘 마음 헤아리랴
무심한 작은 꽃잎
혼자서 피고 지며
강물 따라 흘러갈 뿐
마음은
흐르지 못해
끝내 고여 있는가?

―「강물에 흐르는 꽃잎」 전문

1연은 한시에 표현된 꽃잎을 통해 왜 이백과 이군옥은 웃
고 우느냐고 묻고 있다. 초장의 한시 도화유수 묘연거(桃花
流水 杳然去)는 이백의 산중문답(山中問答)에 나오는 표현으

로 무슨 까닭에 푸른 산에 사느냐고 물으나 대답 없이 한가로이 웃기만 하는데 복숭아꽃 물 따라 흘러간다는 표현이고 중장의 한시 낙화유수 원이금(落花流水 怨離襟)은 옷깃에 묻었던 꽃잎이 떨어져 물 따라 흘러가니 한스럽다는 당나라 시인 이군옥(李群玉)의 표현이다.

2연은 1연의 물음에 대한 답으로 꽃잎은 인간의 감정과는 상관없이 피었다 지며 강물 따라 흘러가는 자연 그대로의 순리에 따르고 있다고 표현한다. 이는 강물에 흐르는 꽃잎을 관조함으로써 깨닫게 되는 지혜다. 그러나 종장에선 꽃잎과 달리 김 시인의 마음은 그런 순리에 따라 흐르지 못하고 있는 자신을 성찰하는 성숙성을 보인다.

자연의 섭리나 순리에 따라 산다는 것은 결코 쉬운 일이 아니다. 웬만큼 인생을 살아보지 않고서는 깨닫기가 어렵다. 소위 말해 산전수전 다 겪어 봤다고 말할 정도의 연륜이 필요한 것이다.

한편 김 시인의 관조의 세계는 매우 감각적이다. 그는 여러 가지 재주를 가지고 있어 음악과 미술에도 조예가 깊다. 그래서 그런지 그의 시조는 리듬의 반복과 색채의 시각적 감각을 표현한 작품이 많다.

서산에 해가 지니
하늘이
텅 비었다.

바람이 숨죽이니
들녘이
텅 비었다.

무심히 바라보노니
내 안도
텅 비었다.

―「홀로 서서」 전문

3장으로 된 단시조다. 시인은 홀로 서서 하늘과 들녘을
본다. 눈 앞에 펼쳐진 장면을 있는 그대로 무심히 바라보는
관조의 표현이다. 그런데 초, 중, 종장의 마지막 구가 모두
'텅 비었다.'로 반복되고 있다. 그리고 각 장의 둘째 구는 '-
하니'로 운을 맞추고 있다. 이러한 동일 위치에 동일 음을
반복함으로 울림의 파동을 일으키고 있다. 바라보는 하늘
과 들녘의 공허함이 시인의 내면에까지 마치 종의 울림과
같이 공명을 일으키며 전해진다. 그의 시조 곳곳에는 "임

인 양 / 날아든 나비 / 부드러운 입맞춤", "발걸음 / 멈추는 길손 / 방긋 웃는 눈맞춤" 연시조인 (「풀꽃은 피어서」의 1연과 2연의 종장) "흔하다 천히 여겨 잡초라 부르는가? / 가꾸는 손길 없이 스스로 푸를진대", "한순간 화려함을 꽃이라 일컫는가? / 밟혀도 되살아나 마음껏 푸를진대" (「잡초」의 1연과 2연 초장) "부럽지도 않았다 / 꿈꾸지도 않았다" (「잡초」의 1연과 2연 종장)과 같이 동일 위치에 동일 음을 반복하는 음악적 요소가 배치된 곳이 많다.

또한 그의 자연을 관조하는 표현에는 색채 감각적 요소도 많다.

봄맞이 꽃 핀 날에
되돌아온 은빛 겨울

고운 빛 시새우며
펄펄 내려 쌓이는 눈

저 봄꽃
더욱 붉어라
하얀 눈꽃 속에서

—「봄눈」 전문

이 시조도 3장으로 된 단시조다. 시인은 때늦게 내리는 봄눈 속에 핀 꽃을 자연 속에 있는 그대로의 모습으로 응시하며 관조의 눈으로 바라보고 있다. 그러나 그 감각은 앞의 예와 달리 시각적이다. 봄꽃의 고운 붉은색과 이를 시샘하듯 내리는 눈꽃의 하얀색을 대비시켜 팽팽한 긴장감을 불러일으킨다. 눈 속에서도 기가 꺾이지 않는 봄맞이꽃의 강한 생명력이 느껴진다. 이렇게 자연을 바라보는 그의 관조의 시선은 "하얀 눈 내리느니 하얗게 높은 하늘 / 하얀 눈 쌓이느니 하얗게 넓은 대지 / 하늘 땅 하얗게 지우며 하염없이 내리는 눈"(「강설」 전문)처럼 색채 감각과 같은 회화적 감각의 표현들도 그의 시조 곳곳에서 빛을 발하고 있다. 이처럼 그의 시조 곳곳에서 시청각의 감각으로 바라보는 관조의 시선은 그가 이미 발간한 수필집 『도시락 1』(2015), 시서화악(詩書畵樂)집 『도시락 2』(2021)에서도 발견되는 바 이는 그의 음악과 회화적 재능에서 기인한다고 볼 수 있다.

그의 시조가 궁극적으로 도달하는 관조의 시선은 내려놓거나 비우는 비움의 철학과 달관의 세계에 이른다. 우리는 늙어가는 것이 아니라 익어가는 것이라는 대중가요의 가사처럼 나이 듦과 인생을 살아본 연륜의 속성은 무엇보

감상평

다도 인간적 성숙에 도달함에 있다. 그럼 그가 인간적 성숙
에 착목하고 있는 작품들을 살펴보자.

　법당의 불을 끄면
　달빛은 더 환하고

　목탁 소리 그친 산사
　풍경 소리 혼자 맑아

　얻고자
　깨달음, 깨달음
　온몸으로 울리는

　　　　　　　　　　　　　　　　　—「풍경」 전문

　시인은 법당의 불이 꺼지고 목탁 소리 그친 산사에서 풍
경 소리에 취해 있다. 시인이 바라보며 듣고 있는 것은 환한
달빛이요 이따금 들려오는 풍경 소리뿐이다. 달빛 속에 들
려오는 풍경 소리를 들으며 시인은 무슨 생각을 할까? 무
념무상일 수도 있고 비움일 수도 있겠으며 절이라는 곳이
수도의 공간인 만큼 궁극적으로 도달하고자 하는 것은 깨

달음일 수도 있다. 그 깨달음은 풍경 소리를 온몸으로 울린다는 은유적 전환의 형식을 거쳐 인간적 성숙의 땅에 닻을 내릴 수밖에 없다.

누군가?
이 새벽녘
잠 못 이룬 저 불빛은

달
차고
기울도록
풀지 못한
아픔 있어

그믐밤
지친 달빛에
사르는 이 누구인가?

—「그믐달」 전문

초장에선 새벽녘까지 꺼지지 않고 있는 불빛을 보며 잠

못 이루는 이가 누구냐고 묻고 있다. 중장에선 그 사람의 풀지 못한 고뇌와 아픔을 헤아려 본다. 그러나 그것은 쉽게 풀릴 문제가 아니다. 그러니 그믐밤 지친 달빛에라도 여전히 사르고 싶은 것이다. 사람이 살다 보면 아픔을 겪는 일이 어디 한두 번뿐이겠는가? 아픔을 겪어 본 사람만이 느낄 수 있는 질긴 삶의 고뇌를 노래하고 있다. 남의 이야기를 하는 것 같지만 실은 자신의 고뇌를 토로하고 있다.

즉 시인 자신의 삶에 대한 성찰이 새벽녘까지 꺼지지 않는 불빛이라는 매개물을 통해 타인의 삶으로 대유되고 있는 시조다. 시인은 타인의 삶에 대한 고뇌에 천착하고 있지만 이는 자신의 삶과 인생에 대한 성찰에서 비롯되고 있다. 그가 도달하고자 하는 인간적 성숙은 이처럼 타인의 풀지 못하는 아픔까지도 공감하게 되는 경지까지 이 시조는 한 걸음 더 나아가고 있는 것이다.

그렇다면 그의 이런 인간적 성숙은 어떻게 얻어질까? 그는 시적 대상이 되는 자연을 통찰하는 눈을 가지고 있다. 물론 이런 통찰은 그의 삶의 경험과 연륜이 출발점이다.

이토록 가혹했나
스스로 긋는 칼날

나이테 겹겹마다
켜켜이 쌓이는 한
모질게
도려 파내어
비워 버린 몸뚱이.

그렇게 버거웠나
짊어진 삶의 무게
삭정이 떨궈 가며
모지라진 관절 마디
버릴 것
더는 없어라
앙상 마른 껍데기.

저처럼 간절했나
한 생을 이어온 꿈
덧나고 또 아물며
딱지 앉은 상처에서
우러른

감상평

하늘을 향해

다시 돋는 이파리.

—「고목」 전문

고목은 연륜을 대표하는 대상물이다. 어쩌면 그는 이런
고목과도 같은 삶을 살았으리라. 그는 비울 때가 되었음을
자각하며 자신의 비운 모습을 이 고목에서 찾는다. 살아오
면서 느꼈던 켜켜이 쌓였던 한도 무겁게 짊어져야만 했던
삶의 무게도 도려내고 잘라내야만 비울 수 있었고 그렇게
비워버린 자신의 모습이 껍데기뿐인 고목과 닮아있음을 본
다. 그의 이런 통찰의 시각은 궁극적으로는 하늘을 향할
수밖에 없다. 우러른 하늘의 순리에 따른 순명, 살아있는
날까지 소망의 잎을 내야 하는 것은 그의 시조에서 볼 수
있는 성찰을 통한 성숙의 언어다.

그의 이러한 작품 성향은 2부 역사적 현장을 대상으로
한 「꿈꾸며 천년을 날아」 편과 3부 풍자적 비판을 대상으
로 한 「언제나 뿌린 그대로」 편은 논외로 하고, 1부 「무심
히 바라보노니」 편과 4부 「스치는 달빛에 베이어」 편들에
실려 있는 대부분의 작품에 잘 나타나 있다.

하이데거는 "언어는 존재의 집"이라 하며 시인은 침묵의
정적 속에서 세계와 사물의 내밀한 관계를 경험하고 시어

를 통해 존재의 소리를 구체화한다고 했다. 바로 김홍균 시인의 시조 언어가 그렇다. 그는 시적 대상을 관조의 시각으로 바라보며 그로부터 존재의 소리를 들으려 한다. 그의 시조를 관통하는 언어들을 한마디로 정의하자면 자연과 세계에 오랜 세월 직면하며 연륜을 통해 얻은 성찰의 성숙 언어라고 할 수 있겠다.

이렇게 그의 첫 시조집을 대하고 단편적으로나마 감상의 변을 내놓으면서 드는 생각은 그의 등단이 너무 늦지 않았나 하는 점이다. 그의 시조가 이미 원숙한 시조시인으로 자리매김할 수 있는 경지에 이르렀다고 보기 때문이다. 이번 시조집 발간을 계기로 한국 시조시인의 큰 줄기를 이루는 시인이 되기를 기원한다.

감상평